Contes des Ébahitiens

Colette Mourey

Contes des Ébahitiens

L'œuf et l'Ébahipoule

« Il ne pouvait y avoir un premier œuf pour faire naître un oiseau, ou il y aurait eu un premier oiseau pour faire un œuf, puisque les oiseaux viennent des œufs. » Aristote.

L'œuf et l'Ébahipoule

L'Assemblée des Ébahitiens avait un énorme dilemme à résoudre : qui, de l'œuf ou de l'ébahipoule, était apparu en premier sur Terre ?

Si c'était l'œuf, d'où provenait-il ?

Si c'était la poule, de quoi était issu ce gallinacé autofabriqué ?

Par contre, en ce qui concernait le clan des Hommes, pas de problèmes : d'abord étaient apparus les sous-représentants de cette espèce qui, rampant, grimpant, cahin-caha, avaient fini par en incarner quelques traits essentiels.

Puis, naquirent les Ébahitiens : eux manifestaient une forme supérieure d'être et de pensée.

Rien de comparable avec les cultures primordiales qui les avaient précédés.

C'est pourquoi ils demeuraient si chagrins de ne pouvoir résoudre l'énigme qui les préoccupait tant :

— « Qui, de l'œuf ou de l'ébahipoule s'était manifesté en premier ?

Quand, par une belle soirée d'automne, un vieillard se joignit à leur réunion festive, qu'un bon feu ravigotait.

Or aussi, il se trouve que ledit patriarche s'avérait autant Sage que Magicien …

C'est lui qui fit faire le dernier pas : essentiel ! À l'extraordinaire civilisation des Ébahitiens.

— « Pourquoi un dilemme ? »

Leur dit-il, alors qu'ils buvaient littéralement ses paroles ;

— « Aucune Vérité ne sort d'un dilemme : c'est un quadrilemme, qu'il vous faut. Vous aurez alors résolu la question ! »

En face, on était polis : un quadrilemme ... Nul n'imaginait la chose !

Notre vétéran observait l'hésitation générale. C'est pourquoi, en guise de cadeau d'adieu, il acheva son explication :

— « Tenez, par exemple : voici quatre vérités, tout aussi exactes l'une que l'autre et qui, mises bout à bout, en créent une cinquième, bien plus pertinente. »

Durant quelques minutes, un opaque silence régna, rompu seulement par les crépitements des flammes.

— « Je suis un Ébahitien. »

Tous hochaient la tête : là, on comprenait et on approuvait !

— « Je ne suis pas un Ébahitien. »

Ça devenait plus difficile !

— « Je suis et je ne suis pas un Ébahitien ! »

Insista le doyen.

Les mines de ses auditeurs restaient bien perplexes. Comment cela se faisait-il ?

Puis, alors que, ramenant autour de lui sa houppelande, qui le protégeait du froid de la nuit, l'auguste personnage se levait, affectant de prendre congé :

— « Je ni suis ni ne suis pas un Ébahitien ! »

L'apparition disparut, non sans s'être une dernière fois retournée, à l'orée de la forêt :

— « Tout ceci est vrai ! »

C'est dès le lendemain que l'on se mit sérieusement au travail.

On n'avait jamais forgé de telles suites d'assertions !

« L'ébahipoule est une ébahipoule ;

L'ébahipoule n'est pas une ébahipoule ;

L'ébahipoule est et n'est pas une ébahipoule ;

Ni l'ébahipoule est, ni l'ébahipoule n'est pas une ébahipoule. »

Il fallait un formidable recul pour apprécier pleinement les vérités ainsi formulées !

« L'œuf est un œuf ;

L'œuf n'est pas un œuf ;

L'œuf est et n'est pas un œuf ;

Ni l'œuf est, ni l'œuf n'est pas un œuf. »

On n'avait toujours pas résolu le problème en question !

Les quelques syllogismes que l'on avait essayé parallèlement de formuler n'étaient, eux non plus, guère convaincants :

— « Chaque ébahipoule vient d'un œuf fécondé.

Tous les œufs fécondés viennent d'une ébahipoule fécondée.

Toutes les ébahipoules viennent donc d'une ébahipoule fécondée. »

On tournait en rond !

Comme, dépité, chacun se penchait, une nouvelle fois, sur l'exacte formulation qu'il eût fallu conférer au quadrilemme, la plus fructueuse suggestion – bien vite reprise, améliorée et complétée, vint du cercle des enfants, qui jouaient nonchalamment, en taquinant les braises avec les bâtons qu'ils avaient ramassés, scandant et fredonnant :

« L'œuf a fait l'ébahipoule.

L'œuf n'a pas fait l'ébahipoule.

L'œuf a fait et n'a pas fait l'ébahipoule.

L'ébahipoule a fait l'œuf.

L'ébahipoule n'a pas fait l'œuf.

L'ébahipoule a fait et n'a pas fait l'œuf.

Puisque toutes ces affirmations sont exactes,

L'œuf est et n'est pas un œuf ;

L'ébahipoule est et n'est pas une ébahipoule ;

Ni l'œuf est ou n'est pas un œuf, ni l'ébahipoule est ou n'est pas une ébahipoule. »

Ce n'était pas une ébahipoule qui avait pondu le premier œuf : mais elle l'avait fait tout de même ! Et c'était un œuf, sans être un œuf !

Sur ce, tout le monde alla se coucher, fier et heureux : se demandant, juste, si la méthode pouvait résoudre aussi la quadrature du cercle !

Abbé, Cédez !

Abbé, Cédez !

Il est une histoire que l'on se suggère à mi-voix, à la veillée, au hameau des Ébahitiens – avec un bon accent rocailleux ! En riant sous cape.

Cela se termine par une dernière tournée de l'alcool que les femmes savent laisser fermenter, dont les subtils arômes suggéreront quelques ajouts.

Rémi Solfa me l'a délicieusement évoquée, un soir qu'il chantait, au bord de l'étang.

D'où, moi non plus, je ne m'exposerai pas à la narrer dans les moindres détails !

Je vous la propose, donc, à peine murmurée, en trois vivants et vibrants tableaux.

Tableau numéro un.

Comme l'abbé, furibond, traversait le village à grandes enjambées, hanté par une colère – toute païenne ! Qui l'enflammait littéralement, soudain, à l'approche de l'école, il se vit ainsi conseiller :

— « Abbé, cédez ! »

Le saint homme n'en revenait pas !

— « A, B, C, D ! »

C'était une réponse du Ciel.

Et, tandis que la classe des petits continuait à ressasser son alphabet, il s'en retourna, rasséréné.

Il avait la solution à ses problèmes.

Tableau numéro deux.

Une autre fois qu'une inextinguible rage le reprit, tandis qu'il se frappait la tête en marchant - ne pouvant résoudre son dilemme, par hasard, il repassa dans les mêmes lieux :

— « Hache ! »

Oui, c'était bien une hache qu'il lui fallait !

— « G, H ... »

Une seconde fois, il put regagner ses pénates en toute sérénité, puisqu'il en avait, effectivement, une.

Longtemps, on l'entendit cogner, dans le bois voisin.

Il faut dire que, dans ladite forêt, demeurait une irréductible sorcière : une femme belle comme le jour, mais dont l'âme était forcément noire comme la nuit, puisqu'elle était guérisseuse et magicienne.

C'est peu dire qu'on ne la fréquentait guère qu'en dernière extrémité, tant on craignait l'armée des démons qui l'habitaient !

Les enfants, de leur côté, commençaient à progresser !

— « Y git ! »

Il ne leur manquait plus que seize lettres.

Troisième tableau.

Notre missionné, à nouveau mû par de sourdes inquiétudes - un mélange de remords et d'hésitations, fonce droit à l'école : si Dieu lui parlait, une nouvelle fois ?

— « Elle aime ! »

Oui, certes, il aimait, bien que, dans sa situation, il n'osât ni se l'avouer ni, bien entendu, le confier à qui que ce soit, dont l'intéressée !

— « L, M ... »

Pour être sûr d'une réponse qui engageait le reste de son existence, il formula mentalement l'interrogation suivante :

— « Qui ? »

Anxieusement, il guetta la réponse.

Perçant un charivari qui enflait, parmi les quolibets, il ouït alors, bien distinctement :

— « Hélène ! »

Plusieurs fois repris !

— « L, N ... »

Là, c'était le groupe des fainéants qui, à la traîne des « moyens », lui non plus, n'avait pas encore atteint le « P » (que d'aucuns, des « forts », mimaient déjà sauvagement, puisqu'ils entendaient « pet » ! Que dire, d'ailleurs, de l'enchaînement avec la suite, qu'ils devinaient, et qui les faisait littéralement se tordre de rire !) mais mélangeait l'ordre des lettres qu'on lui présentait :

— « L, N ... »

Notre amoureux traduit instinctivement en :

— « Hélène ! »

Tandis que les pauvres diables se font autoritairement reprendre - corrigeant en :

— « M, L, N ... »

Avant de se trouver définitivement punis ...

— « Aime Hélène ! »

C'était extravagant ! Foudroyant !

Tout le long du chemin jusqu'à la cabane de la devineresse, on l'entendit siffler et chanter :

— « Aime Hélène ! »

Cependant, notre curé tira d'emblée les conséquences de la divine réponse.

De ce jour, on ne le revit plus.

Non plus que l'infortunée extralucide !

Il paraît que, loin, sur une île paradisiaque, un charmant couple, traçant des signes kabbalistiques dans le sable, s'enivre d'océan, de ciel, de soleil et de larges espaces, en rêvant – accessoirement, de soigner et évangéliser l'Univers.

Comme quoi, les apprentissages scolaires mènent à tout !

22

Les Clones

Les Clones

Les Ébahitiens avaient une tactique.

Pour s'assurer une nombreuse domesticité, intégralement dévolue à leur service, ils employaient, à tour de bras, le clonage des éléments les plus dévoués, qui faisaient preuve, en outre, de qualités hors du commun : on avait un chien fidèle, on en aurait cent ; on avait un âne docile, on en posséderait cent aussi ; on voulait du lait, on s'assurait des troupeaux entiers ...

C'est un modeste baudet gris, qui trouva – enfin ! La parade.

Chargé d'une dizaine de sacs bien remplis, soudain, il n'avança plus !

— « Comme cela,

Se disait-il,

— On me clonera, si l'on souhaite préserver les qualités qui auront, jusqu'ici, assuré ma renommée ; quant à moi, j'échangerai ma bâtée contre une bonne pâtée ! »

Notre sieur s'imaginait déjà se promener nonchalamment dans les prés, broutant à son aise, rêvassant de l'aube au soir, se ravissant du blanc moutonnement des minuscules cumulus printaniers.

Effectivement, son propriétaire s'en débarrassa sans réfléchir, le laissant gagner la pâture, qui, heureusement pour lui, était vaste.

Mais il n'osa pas le cloner !

Cet animal, pourtant efficace, aspirait trop à la liberté, il était démesurément rusé, fort intelligent …

Il clona son autre baudet, qui était docile comme un ange, dont il ne doutait pas d'avoir une belle série d'obéissants baudets !

D'où, Ardent, du haut de son pré, regardait s'échiner, au loin, sur la route, Figaro, bientôt suivi de ses semblables : une cohorte de plus en plus longue, qui s'étira rapidement d'un horizon à l'autre !

— « Il faut que je les libère ! »

Méditait-il, tout en se demandant s'il reconnaîtrait encore son compagnon, si pareil à tous les autres !

Pensant que son vieil ami se trouvait en tête du cortège, notre anarchiste s'attarda, un matin, à lui susurrer à l'oreille :

— « J'ai un bon plan ! »

L'idée était bonne : c'était, effectivement, notre Figaro, un peu plus vieux, davantage voûté !

L'industrieux animal s'avéra briefé, au plus haut point et dans tous les détails, en trois rencontres à peine !

D'où, soudain, à son tour, il se rebella !

Rua, même !

L'immédiat résultat fut que le propriétaire lui intima l'ordre de prendre le même chemin que son ex-compagnon, ce qu'il entreprit, sans se faire prier !

Mais, ce que n'avaient pas prévu nos malicieux compères, c'est que les clones furent – impitoyablement ! À mesure qu'ils manifestaient leur insoumission, soumis au même traitement : on eut de moins en moins confiance en eux ! Ils furent chassés de plus en plus vite !

L'effet produit s'avéra extraordinaire, lui aussi : ce ne furent pas deux ânes, qui hantèrent le pré, mais cent deux !!!

Le pâturage était trop petit, ils allaient mourir de faim !

De plus, l'oisiveté commença à leur peser.

— « On va libérer tous les animaux ! »
Suggéra Ardent.

La proposition fut aussitôt acclamée et l'on se mit bien vite en route, formant de petites équipes, de façon à se montrer souplement opérationnel !

Chaque fois qu'une délégation de ces premiers affranchis rencontrait un convoi traîné par les leurs ou leurs semblables, se répétait la même comédie : on expliquait aux bêtes comment se libérer !

Et elles se libéraient, avec leurs clones ...

Bientôt, le royaume entier vit ses terres sauvages abondamment habitées, tandis qu'étables et écuries se désertifiaient !

Comment faire, puisque même les clones se révoltaient ?

Les hommes décidèrent, donc, de chasser ces troupeaux récalcitrants, en même temps que l'usuel gibier : au moins rapporteraient-ils quelque nourriture, au moins pourrait-on se vêtir de leur peau !

Ce qui fut fait.

Mais ces libérateurs, martyrs, ne donnèrent pas leur vie pour rien.

Au fur et à mesure qu'on les dévorait, leur passion passait dans de nouveaux organismes !

Les hommes décidèrent, peu à peu, en masse, de s'affranchir : les domestiques de leurs maîtres, les paysans de leurs servages, les ouvriers de leur labeur insensé ...

Et ils y réussirent !

Ils devinrent les maîtres du pays, qu'ils arrangèrent à leur guise, en pleine et totale autogestion !

Pour le remercier, ils érigèrent une statue au fier « Ardent », que nul n'oubliait de fêter, une fois l'an !

Table des matières

33

ISBN : 9782900720073